幼兒全語文 階梯故事 系列

讓我來幫你

袁妙霞 著

野人 繪

園丁文化

山羊太太拿着很重的東西走過。

小狐狸說：「讓我來幫你。」

小兔子給路旁的石頭絆倒了。

小狐狸說：「讓我來幫你。」

小象和小鹿到郊外野餐。

小象說：「食物太多了，我們吃不下了。」

小狐狸說：「讓我來幫你。」

導讀活動

進行方法：

❶ 讀故事前，請伴讀者把故事先看一遍。
❷ 引導孩子觀察圖畫，透過提問和孩子本身的生活經驗，幫助孩子猜測故事的發展和結局。
❸ 利用重複句式的特點，引導孩子閱讀故事及猜測情節。如有需要，伴讀者可以給予協助。
❹ 最後，請孩子把故事從頭到尾讀一遍。

封面
1. 你猜圖中的小兔子為什麼哭呢？
2. 誰來幫助小兔子呢？
3. 請把書名讀一遍。

P2
1. 圖中的山羊太太，左右手各拿着什麼？
2. 你猜山羊太太拿的東西重嗎？她拿得辛苦嗎？

P3
1. 誰主動上前幫助山羊太太？你猜他跟山羊太太說什麼？
2. 小狐狸怎樣幫助山羊太太？

P4
1. 小兔子發生什麼事？
2. 誰看見小兔子跌倒了？

P5
1. 誰主動上前幫助小兔子？你猜他跟小兔子說什麼？
2. 小兔子的手臂怎樣了，小狐狸怎樣幫助小兔子？

P6
1. 圖中是什麼地方？小象在做什麼？小鹿拿着的是什麼東西？
2. 你猜小象和小鹿準備做什麼？

P7
1. 圖中還有食物嗎？為什麼小象和小鹿都不吃了？
2. 小象和小鹿帶的食物分量怎樣？小狐狸向他們走過來，你猜他會說什麼呢？

P8
1. 你猜對了嗎？他說的「幫」是什麼意思呢？
2. 你猜小象和小鹿願意把食物跟小狐狸分享嗎？

說多一點點

幫助別人
想想看，遇到以下情形，我們應該怎樣做？

你看見朋友的手帕丟了。

朋友忘記帶顏色筆，你正好有兩枝。

不浪費食物

人人都需要進食，如果我們沒有足夠的食物，身體就會缺乏營養。地球上人口很多，需要很多糧食，而每種食物都得來不易，所以我們千萬不要浪費食物啊！

字卡

玩法

❶ 把字卡全部排列出來，伴讀者讀出字詞，請孩子選出相應的字卡。
❷ 請孩子自行選出多張字卡，讀出字詞並口頭造句。

讓	幫	拿
重	兔子	小鹿
路旁	石頭	絆倒
野餐	食物	我們

幼兒全語文階梯故事系列 第2級（初階篇） 《讓我來幫你》 ©園丁文化	幼兒全語文階梯故事系列 第2級（初階篇） 《讓我來幫你》 ©園丁文化	幼兒全語文階梯故事系列 第2級（初階篇） 《讓我來幫你》 ©園丁文化
幼兒全語文階梯故事系列 第2級（初階篇） 《讓我來幫你》 ©園丁文化	幼兒全語文階梯故事系列 第2級（初階篇） 《讓我來幫你》 ©園丁文化	幼兒全語文階梯故事系列 第2級（初階篇） 《讓我來幫你》 ©園丁文化
幼兒全語文階梯故事系列 第2級（初階篇） 《讓我來幫你》 ©園丁文化	幼兒全語文階梯故事系列 第2級（初階篇） 《讓我來幫你》 ©園丁文化	幼兒全語文階梯故事系列 第2級（初階篇） 《讓我來幫你》 ©園丁文化
幼兒全語文階梯故事系列 第2級（初階篇） 《讓我來幫你》 ©園丁文化	幼兒全語文階梯故事系列 第2級（初階篇） 《讓我來幫你》 ©園丁文化	幼兒全語文階梯故事系列 第2級（初階篇） 《讓我來幫你》 ©園丁文化